「嗨！大家好，還記得我們是誰嗎？」

"Ai! Mihumisang, haiapang kamu tu sima kaimin ha?"

「我們是玉山的生命精靈，我是布妮！」

"Kaimin hai Usaviah ludun tu tamasaz, saikin hai Puni!"

「我是海樹兒！」

"Haisul a saikin!"

「上次我們帶大家認識了布農族早期的娛樂活動，非常有趣呢。」

"Masa aituang hai adasun mazami a kata mapasahal itu Bunun siduhhabasang tu ispishasibang, tutuza tu kanaskalun."

「今天,我們要帶大家回到 1980 年代,看看那時候的布農族小朋友是玩什麼遊戲。」
"Aip tu hanian hai, naadasun mazami a kata muksuhis sia 1980 tudip tupainsanan,
sadu tudip Bunun siduh tu uvavaz hai mazmaz a pishasibangun."

「讓我們一起穿過時光之門!回到 1980 年代!」說完,時光之門閃著金光,慢慢打開。
"Muskun kata lahaip sia inihumisan tu ilavcin, muksuhis sia 1980 tudip tupaisanan!"
Tunahtung tahu, cinbinsal a inihumisan tu ilav, at mudaukdaukcintua.

穿過時光之門，布妮和海樹兒來到了校園中的一片大樹。

他們看到一群孩子專心地練習彈弓。

Latanglavin inihumisan tu ilav, maza Puni mas Hasul a hai minasianmasulukisdaingaz tu pasnanavan.
Sadu naia mas sasupah tu uvavazmakitnanulu mapasnava malka Pacingku mamanah.

孩子們撿起地上的小石頭，用木頭製作的彈弓瞄準目標，然後射出一顆顆小石頭。

"Mindia siza a uvavaz mas inastu tu batuikit, makuuni kaiunias lukis kaunitu Pacingku manah mas napanahuncia,
 at ispapanah a tasatasa kaumaikittu batu.

布妮瞪大眼睛說：「哇！你們的彈弓射得好準，真厲害！」

"Matupakas matusihnaz itu Punicia mata tupa tu:"Ua! Sasandu imu a sipanah Pacingku, tutuza tu matamasaz!"

一個正在拉弓的男孩驕傲地說：

「我們每天都在練習，這樣將來才能成為優秀的獵人，獵到獵物！」

Aiza tacini mamanahang tu mabananaz hai ibalu tusingav tupa tu:"Kaupahanian a kaimin mapasnava, mais maupacia hai namahtu maisinminuni mahansiap hanup tu bunun, upanahan mas takismut tu cici!"

海樹兒忍不住說：「我好想試試看！能教我怎麼玩嗎？」

Macinsua Haisul tupa tu:"Asadaingaz saikin tanam! Adu mahtu masnavaku tu pikun mapahainan?"

孩子們笑著點頭，熱心地教他如何正確拉弓、瞄準，然後放彈。
海樹兒興奮地照著做，射出了一顆小石頭。

Malngingit at maduaz a uvavaz, masnava saicia tu pikun silulu at samantuk napanahuncia at manah, manaskal a Haisul a kapimaupa, ispanah a tasa kamasikit tu batu.

布妮和海樹兒說了再見,來到校園中的草地上。
他們看到一群女孩子正坐在草地上,專心地用美麗的野花編織花環。

Puni mas Haisul hai pisuhdung naicia tu uninang, at maiaupa siamantanmishang pasnanavan masuismut tu dangian cia.
Sadu naia sasupahtu maluspingaz(binanauaz) malanuhu sia masuismut tu dalahcia,
makannanulu makuuni manauaz tu lipuah matais(cindun) naiscipsi tucikdas.

「哇,看她們編得多漂亮啊!」海樹兒驚嘆道。
"Ua, saduav a inaicia manauazdaingaz tu sintaisan!" cinghuza a Haisultupa.

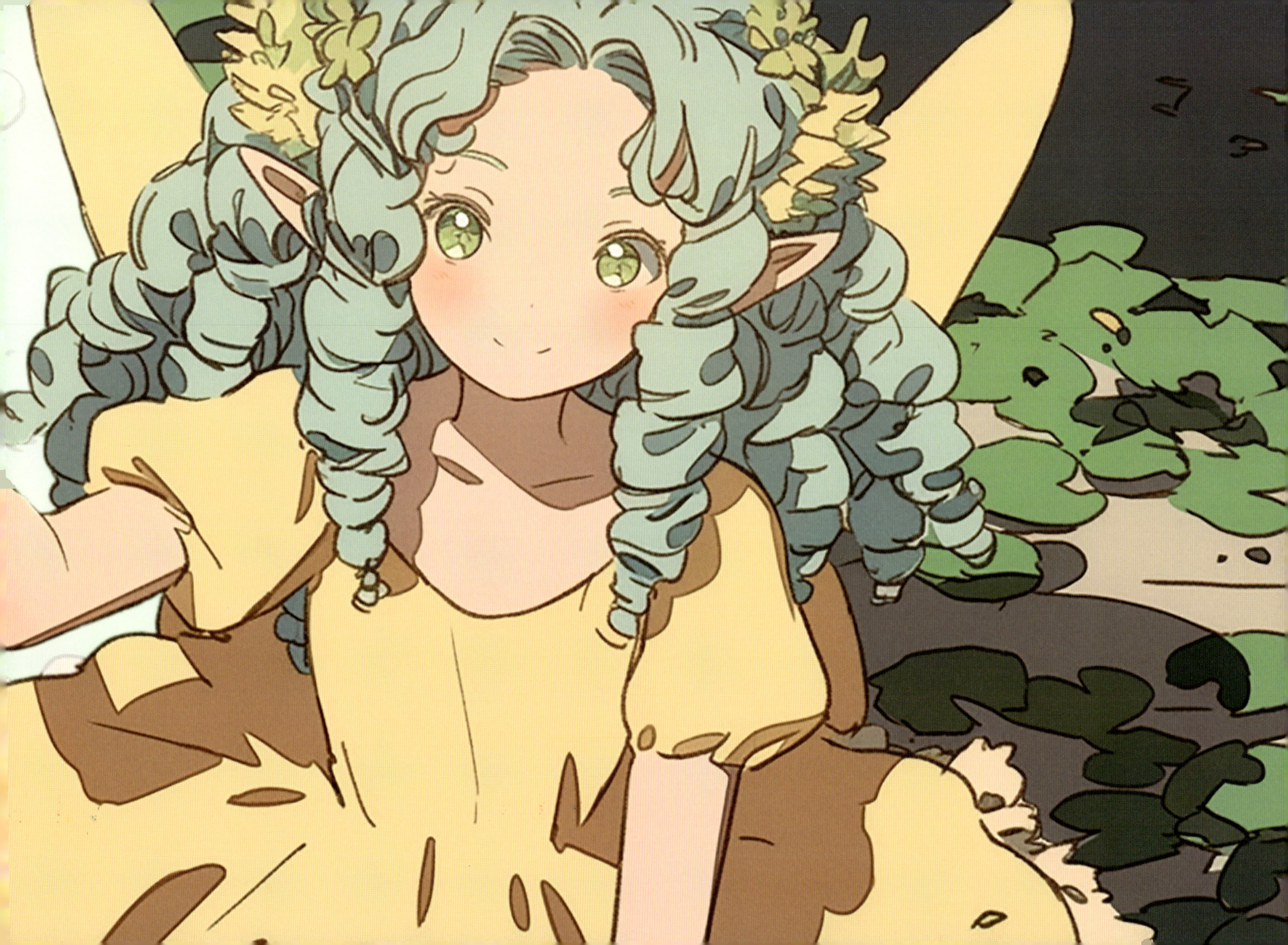

布妮好奇地走上前,問其中一位女孩:「妳們是怎麼學會這些技巧的呢?」

Cinghuza amin a Puni mutanangaus, tupaun saicia tacini binanauaz tu:"Mikua kamu uhansaipan mas maupacia tu sinkuzakuza?"

女孩微笑著回答:

「這是從姊姊跟媽媽那裡學來的。我們經常在一起編織花環,只要看到有花就可編織花環。」

Malngingit a binanauaz antalam tu:"Sain hai paisnasia tuhaspingaz mas cinacia mapasnava.
 Kaupakaupa kaimin mumuskun matais mas lipuah tucikdas,
mais kaz sadu tu aiza lipuah hai mahtu makuuni lipuah matais mas cikdas."

布妮跟著她們一起編織花環。

Puni an hai muskun naicia matais mas cikdas.

帶著花環，布妮和海樹兒繼續往前走，來到一片空地。

他們看到一群孩子圍成一圈，手裡各自拿著玻璃珠，地面上還有五個小洞。

Cipsian mas kaiunias lipuah matais tu cikdas, Puni mas Haisul macingnamaiaupa tanangaus mudan, isnasia a naia masubukzavancia. Sadu naia tuaiza isaincia uvavaz malainunu, tacinicini tu ima hai maldikus mas kaiunian maszang cidanuman tu mali, aizang isia dalah ima a lakikit.

「這是什麼遊戲？」海樹兒好奇地問。

"Maz a sain tu ispishasibang?" Asa Haisul a uhaiapan at kahalinga.

一個小男孩笑著回答：「這個遊戲叫天堂洞！」

Aiza tacini mabananaz malngit antalam tu:"tupaun a sain tu dihanin lak tuispishasibang!"

布妮感興趣地問:「怎麼玩呢?」

Tupas Puni tu:"Pikun a sain mapahainan i?"

男孩解釋道:「我們先猜拳,決定誰是第一棒。

然後趴在地上,用玻璃珠從第一個洞射向第二個洞。

如果射中了,就繼續往第三個洞打;要是沒射中,就換下一個人來玩。」

Tahuas mabananaz tu:"Ngaus a kaimin liangkinpui, kanasaincia haiap tusima a nangaus.
Ungat malkulapa sia dalah, makuuni malicia maisnasiamailantasa tu lakcia manah mas mailandusa tu lak.
Mais latabanun haimahtu muhna maiaupa sia mailantau tu lakcia manah, mais nitu latabanhai,
lauvaivanin mas maunu tu bununcia mapahainan.

海樹兒笑著說：「我可以試試看嗎？」

Malngingit a Haisul tupa tu:"Adu mahtu a saikin tanam ha?"

「好啊。」

"Ung."

他興奮地趴在地上，將玻璃珠射向第一個洞，又是第二個洞。

Matunaskal a saia sikulapa, makuuni malicia maiaupa mailantasa tu lakciamanah, muhna maiaupasia mailandusa tu lakcia.

結束了天堂洞，布妮和海樹兒走啊走，
看到一群孩子正用單腳跳來跳去，同時還要踢著一顆小石頭。

Kanahtungin tupaun tu dihanin tu lak, mudadan a Puni mas Haisul,
sadunaia tu aiza uvavaz taingatainga musuhissuhis macidaungkul, musasukantutundah labibiskav mas tasa tu batu.

海樹兒走過去，仔細一看，發現地面上用粉筆畫著九宮格。
「這是什麼遊戲啊？看起來有點像跳房子。」布妮好奇地問。

Maiaupacia Haisul a kudip samantuk sadu, sadu tu aiza isia nastu dalahciapinatas kahaningu siva a bangkal.
"Mazbin sain tu ispishasibang i? saduanhai mani mataidazadaza." Kahalinga a Punian.

一個小女孩笑著回答：「這個叫「頂啊頂啊」！比跳房子好玩。」

Aiza tacini binanauaz mangit antalam tu:"Tupaun a sain tu 「頂啊頂啊」!
mastanang sain mas mataidazadaza tu masial pishasibangun."

「怎麼玩呢？」海樹兒問道。

"Pikun a sain mapahainan?" tupa a Haisul.

小女孩耐心地解釋：

「你要單腳跳，踢著石頭，石頭不能踢出格子外，腳也不能踩在格子上。

跳完一圈後，你背對著格子，把石頭丟進格子裡。最後，誰丟進的格子最多，誰就贏了！」

Kadaukdaukus binanauaz tupa tu:"Asa kasu tu taingatainga, kanbiskavmas batu,
maza batuan hai nitu mahtu muavaz sia sinkahaningu tubangkalcia,
niamin a bantas mahtu kandaban sia bangkalcia. Maiskanahtunganin amin macidangkul hai,
masivus kasu mas bangkalcia at mayakunav batua sia bangkalcia.
Kinuzin hai kanasia sisupah makubatulataban mas bangkalcia haiapun tu sima savai.

小女孩一邊說，一邊單腳跳進第一個格子，輕輕地用腳踢動石頭。

她專注地跳過每一個格子，石頭也跟著她的腳移動，直到她跳完一圈。

Binanauaz a hai idip tatahu at musasu taingatainga cidaungkul siamailantasa tu bangkal, kadaukdauk kanbiskav mas batu.
Makinmaitmait a saia cidaungkul sia tasatasa tu bangkal, at maza batu a hai makilavi saiciatu bantas mumuslut, sausia kanahtungan saicia amin cidaungkul.

海樹兒驚訝地說：「哇！妳好厲害！」

Cinghuza a Haisul tupa tu:"Ua! Mahansiapdaingaz a kasu!"

孩子們圍在他們身邊，一邊鼓勵一邊指導他們，

布妮和海樹兒在歡笑聲中，學習著這個有趣的遊戲，慢慢掌握了技巧，玩得越來越開心。

Maza uvavaz a hai siainunuan naia, taiisun at masnava naicia, Punian mas Haisul hai makinaskal mapasnava saitan inhainanan tu ispishasibang, mudaukdauk naia usizan mas hansiap, mastanin tu manaskal a isangmapishasibang.

布妮和海樹兒依依不捨的離開，他們看到兩個小男孩趴在地上，專心地拍打著什麼東西。

Puni mas Haisul hai masni a isang asa mapacinpalavaz haitu mudan a naia,
 sadu naia dadusa mabananaz malkulapa sia nastu dalah, aiza naiciamakinmananu makuima maluludah maz tu haimangsut.

「你們在玩什麼？」布妮好奇地問。

Tupaus Puni tu:"Maz imu a ispahahainan i?"

其中一個男孩抬起頭來，笑著說：「我們在玩「橡皮筋」！」

Aiza tacini mabananaz hai simangha bungu at malngingit tupa tu:"Mapahainan kaimin mas kumu!"

海樹兒興奮地問：「橡皮筋？怎麼玩呢？」

Cinnaskal a Haisul tupa tu:"Kumu? Pikun mapahainan i?"

「這是兩個人的遊戲。兩個人拿幾條橡皮筋，把橡皮筋打成死結。然後輪流用手揮或是用拍打的方式撥打橡皮筋，目標是把結打鬆。誰成功打鬆了結，誰就是贏家，橡皮筋就歸他。」

"Sain hai lungkadudusa tu ispishasibang, siza maibia tu kumu at luhusunmapintasa,
ungat musasais palauuvaiv maku ima maludah mais hailainsunun a kumua, saududip mais cinsuang a linuhus tu kumu a.
Simamahtu taiputlav masuang hai saicia savai, maza kumu a hai pisaicia amin."

「原來如此!聽起來很有趣,我們可以一起玩嗎?」
"Maupacia hangsia! Tazaun hai aizan mas sinkanaskal, adu mahtu kaiminmuskun mapishasibang(mapahainan) ha?"

「當然可以!」另一個男孩笑著說:「我們可以再加幾條橡皮筋,讓比賽更刺激!」
"Namahtu!" Antalamus tacini tu mabananaz malngingit tupa tu:"Namahtukaimin masus mas kumu, namastan kacipcipun mais mapasavai!"

他們一起趴在地上,拍打橡皮筋,一邊玩一邊開心地笑著。
Muskun a naia malkulapa sia dalahcia, maluludah mapahpah mas linuhustu kumucia, mapahainan at musasu manaskal malngingit.

時光旅行結束了,布妮和海樹兒帶著滿滿的回憶回到了現代。

Kanahtunganin inihumisan inudadanan tu iskuzakuza,
 maadas a Puni mas Haisul makmuz supah tu hinaiapan at muksuhisin sia laupakadau tu tusa.

他們依依不捨地看著消失的時光之門,

他們知道,80 年代的布農族小朋友玩的遊戲,將永遠留在他們心中。

Masni a inaicia isang sadu mas isdaukdauk mushu isuka tu lainihaiban tuilav,
 haiap a naia tu isia mavaun paisanan itu Bunun siduh uvavaz tuispishasibang, maza sain hai nasauhabashabas isia inaicia tu isang.

「這次的旅行真是太棒了!」海樹兒說。

"masmuav aipcin a sinudadan tu masialdaingaz!" tupa a Haisul.

「是啊,其實布農族孩子還有很多創意的遊戲,我們只認識了一些,但我們學到了好多。」

"Ung, mantuk a Bunun siduh uvavaz tu supahang inintaiklasan tuispishasisibang,
 kazang kata kaumanang a haiapun, haitu supah imitasinpasnava."

「希望大家能從這些遊戲中找到樂趣。」

"mahtuang a kata paisnasia ispishasibang tan ukiliman mas kainaskalan."

「我們,下次見!」

"Namuhnang kata maisin mapasadu!"

感謝與祝福

　　《布農族的奇妙遊戲大發現》是一趟充滿驚奇與懷舊的文化旅程。在這本繪本中，來自玉山的生命精靈——布妮與海樹兒，再次帶領我們認識布農族文化，他們穿越時空，回到 1980 年代的布農部落，見證那個年代孩子們最純真的娛樂時光。透過「時光之門」，我們來到校園的大樹下，看見孩子們認真練習彈弓，為了將來成為出色的獵人打下基礎，我們也走進草地，看見女孩們用野花編織花環，傳承媽媽與姊姊的手藝與愛；更參與了許多經典的童年遊戲——天堂洞、頂啊頂啊、橡皮筋……每一項遊戲都蘊含著孩子們的智慧與部落的生活記憶。

　　這些遊戲的內容來自於我們訪談武陵部落的中壯年族人，他們娓娓道來童年的遊戲記憶，訴說這些看似簡單的玩法，卻深刻展現了布農族孩子的創意、合作與純真。在笑聲與奔跑中，他們學會了團結、技巧與文化的傳承。

　　這本繪本不只是一本書，更是一扇窗，讓我們窺見過去布農族孩子的生活，也是一面鏡子，讓我們反思現代教育與童年經驗的價值。我們期盼透過這本書，讓更多人重新看見遊戲的力量、文化的美好，以及布農孩子們無限的創造力與生命力。

　　由衷地感謝文化部的補助，「國家語言整體發展方案」是推動本土語言復振與文化保存的重要力量，如同一股溫柔而堅定的力量，支持我們傳承布農族語言與文化，讓孩子們的故事被看見，也讓族人的記憶得以延續。

　　願《布農族的奇妙遊戲大發現》為你帶來感動與啟發，也願這些來自山林的歡笑聲，永遠在你心中迴響。